KB134388

신과의 약속

신과의 약속

왕종흡

이 시를 읽고
작은 위로라도 받는다면
행복하겠습니다

차례

깊은 산속이 좋았다. 산 속에서 나는 냄새가 좋았다. 산속 깊이 들어가면 내 마음이 평온해진다는 걸 느낄 수 있었다. 봄이면 지천에 널려 있는 산나물에, 여름이면 온 갖 풀벌레들의 울음소리에, 가을이면 산에 불이라도 붙은 듯한 단풍에, 그리고 겨울이면 온 산을 덮고 있는 흰 눈에, 그 모든 것이 좋았다. 엄동설한 속에서도 봄이면 어김없이 자라나는 초목의 끈질긴 생명력을 확인할 수 있는 곳, 산 은 언제나 나에게 좋은 교육장이었다.

내가 심마니를 하게 된 것은 언제부터였을까? 아마 어 린 시절 아버지를 따라 다니면서부터였을 것이다. 그때부 터라고 하면 어언 50년이다. 좀 더 정확하게 본격적인 심 마니를 한 때를 기준으로 한다면 1994년부터였으니까 그래도 거의 30년이 다 되어간다. 하여튼 어린 시절부터 나와 형님은 아버지를 졸졸 따라다니면서 산을 배웠다.

명지산 깊은 골짜기에 비닐 움막을 지어놓고 우리 3부자는 거기서 거의 살다시피 했다. 요즘도 가끔 그곳을 찾아가보곤 한다. 지금은 명지산 초입에 관광안내소가 있고 거기서부터 산책로를 따라 20여 분 들어가면 명지폭포가 나온다. 그러나 그 옛날, 1990년대에는 명지산의 초입에서부터 지금의 관광안내소까지 가는 데만도 한 시간 가까이 걸렸었다.

그만큼 지금은 사람들의 접근이 용이해진 셈이다. 우리들이 움막이라고 짓고 살았던 곳은 명지폭포에서 다시 한 시간 이상을 더 올라가서 지금은 백둔봉이라고 알려진 해발 1200m 고지 부근이다. 그 옛날, 사람들의 발길도 거의 없었던 시절, 어떻게 우리들이 그곳에서 때로는 닷새씩, 또 때로는 열흘씩을 버티며 살았는지 신기하기만 하다.

나에게 산을 가르쳐주고 심마니의 비법을 전수시켜 주신 아버지는 내가 17살 때 돌아가셨다. 지금 내가 64살이니까 벌써 47년이나 지났나? 당시는 아버지가 한 루트를 타면 형님과 나는 다른 쪽 루트를 타곤 하였다. 사실 말이 형제간이지, 형님은 나와 나이 차이가 27년이나 나니까 어찌 보면 삼촌뻘이라고 해야 옳을 것이다. 그래도 우리들은 우애가 좋았다. 형님은 언제나 나를 데리고 다니면서 내가 모르는 약초들을 자세히 가르쳐주시곤 했다.

우리들은 가끔 작은 산삼을 발견하고는 온 산이 쩌렁쩌렁 울리도록 "심봤다!"라고 소리치곤 했다. 그러면 아버지께서 우리들이 캔 것을 보시고는 "이건 겨우 오행(또는 총생이라고도 하는 새끼 산삼)인데…" 하시면서 우리들을 앞세우고 다시 그곳을 자세히 더듬어 보라고 하시곤 했다. 그러면 언제나 그 주변에서 조금 더 큰 산삼을 캐고는 했지만 그래도 그것들이 세상에서 흔히 말하는 "심봤다!"라고 할 수 있는 산삼은 아니었다.

아버지는 보통 한 해에, 두 번, 어떤 때는 세 번 정도 산삼을 캐셨는데, 그런 아버지조차도 제대로 된 천종산삼(신이 길러서 내 놓은 진짜 산삼)을 캔 것은 그저 열손가락으로 꼽을 정도였다고 한다. 그만큼 제대로 된 산삼을 캔다는 것은 프로 심마니가 일 년 내내 심산유곡을 뒤지고 다녀도 일 년에 겨우 한 뿌리 정도 밖에 만나 볼 수 없는 진기한 사건임에 틀림없다.

아버지가 돌아가시고 나서 나와 형님은 아버지로부터 배운 대로 산에 들어가서 산삼과 산나물 들을 캤다. 한 번에 열흘이고 보름이고 걸리는 산행에서 제일 먼저 하는 일은 양지바른 바위 밑에 제단을 차려놓고 산신령께 뫼밥을 올리는 일이다. 지금 돌이켜보니 정말 정성도 그런 정성이 없었다. 한겨울에 계곡의 차디찬 물로 세수를 하고 덜덜 떨어가면서 우리 형제는 정말 간절히 빌고 또 빌었다. 산삼을 찾게 해 주십사하고. 그것만이 우리 형제들과 딸린 가족들 일곱 명이 살 수 있는 길이었기에.

　참으로 묘한 일은, 산삼은 분명 봄, 여름 가릴 것 없이 산 속에서 몇 년이고 자라고 있으련만, 가을에서 겨울로 넘어가는 초겨울에 유독 많이 발견된다는 사실이다. 아마도 그때는 다른 나무들이 모두 잎을 떨어뜨리고 있어서 눈에 잘 뜨이기 때문이 아닌가 싶다. 내가 처음으로 제대로 된 산삼을 캔 것은 화악산에서였다. 내 나이 37살 때였는데, 그때 형님과 나는 각기 다른 산을 탔다. 말하자면 각자 자기 사업으로 독립을 한 셈이었다.

　경기도에서 제일 높은 산으로 알려진 화악산은 정상까지 1,458m나 된다. 산봉우리에는 공군 레이더부대가 있어 접근이 불가능하지만 그 밑 5부 능선까지는 가능하다. 우리들이 접근할 수 있는 산 중턱에서는 그런 일이 없지만, 산꼭대기의 공군부대에 근무하는 장병들의 말에 의하면, 과자를 사가지고 가면 과자 봉지가 빵빵하게 부풀고 어느 것은 뻥~하고 터진다고 한다. 기압차이 때문이다. 그만큼 높고 깊은 산이 화악산이다.

그곳에서 비닐움막을 짓고 사흘째 되던 날이었는데 때는 봄기운이 완연한 1994년 4월말이었다. 산삼은 총 네 뿌리였는데 머리에서부터 뿌리털까지 아주 제대로 된 모양을 갖추고 있었다. 직감적으로 물건이 되겠다 싶어 춘천에 가지고 가서 산삼장수에게 팔았다. 모두 삼백오십만 원을 받았는데 당시의 시세로 따져보면 후평동 주공아파트 반 채 값이나 되는, 엄청나게 큰 금액이었다.

두 번째 산삼은 두 뿌리를 캤는데 존경하던 장욱채 목사님께 드렸다. 평소 당뇨로 고생하시던 목사님은 내가 드린 산삼을 복용하시고 나서 두어 달 만에 내게 "당뇨가 깨끗이 나았네." 하면서 고맙다는 말씀을 여러 차례 하셨다. 내가 보기에도 산삼을 드시기 전에는 병색이 완연하여 누렇던 얼굴이 아주 밝고 혈색이 불그스름하게 변했으며 눈에 생기가 넘쳐 보였다. 참으로 산삼은 불로장생의 명약이 아닐 수 없다.

세 번째 산삼은 1996년에 캤는데, 그것을 서울에서 건설회사를 하는 분에게 팔았다. 만나 보니 호리호리한 체격에 몸도 가냘프고 볼이 움푹 들어간 것이, 누구의 눈에라도 환자로 보일 분이었다. 자신의 말로는 옛날에는 골프를 즐겨했는데 몸이 아프고 나서는 골프장도 못 간다고 하면서 내가 캔 산삼에 많은 기대를 하는 눈치였다. 가지고 간 후, 한 달 쯤이나 지났을까? 그분으로부터 전화가 왔다. 이제는 골프연습장 뿐만이 아니라 필드에도 나간다며 산삼이 과연 명약은 명약이라고 하면서 전화를 끊을 줄을 몰랐다. 그분은 두어 달 후에 장모님을 모시고 가평에 다시 내려와서 우리 가족에게 아주 근사한 식사를 사 주셨다. 떠나면서 그분은 내 손을 꼭 잡으면서 "앞으로 산삼을 캐거든 꼭 먼저 알려 달라."고 신신당부하셨다.

　　네 번째 산삼은 화악산 큰골에서 캤는데, 나의 집사람 오촌 아저씨가 갖다 드셨다. 당숙은 당시 54살이셨는데, 속이 항상 불편하셔서 가평은 물론 춘천의 한림대병원과 강원대병원도 여러 차례 다니셨다. 그래도 차도가 없자 서울까지 가셨는데, 서울의 대학병원에서도 가는 곳마다 진단해주는 병명이 서로 달랐다. 내 생각에는 아마도 일종의 '난치병 내장질환'이 아니었나 싶다. 나중에 처가에 가서 오촌 아저씨로부터 직접 들은 이야기는 무척 흥미로웠다.

산삼을 달여드시던 중 어느 날, 당숙께서 낮잠을 자다 꿈을 꾸었는데 본인이 죽었단다. 그래서 죽은 몸을 떠메고 집 밖에다가 묻었는데, 깨어보니 꿈이었다는 것이다. 그래서 "참 희한한 꿈도 다 있다."라고 생각했는데, 그래도 왠지 기분이 나쁘지는 않더란다. 그리고 일주일 후에 또다시 낮잠을 자다가 꿈을 꾸었는데 이번에는 가슴에서 불이 일어나고 그게 밖으로 '슈욱~' 하는 소리와 함께 빠져나가더란다. 그리고 나서부터는 가슴이 답답하며 먹기만 하면 체하던 증세가 말끔히 사라지고 건강해졌다는 이야기였다. 그 오촌 아저씨는 80이 다 된 지금도 건강하게 잘 지내고 계시다.

그 다음 산삼은 명지산 자락의 논남에서 캤는데, 철원에 사는 분이 사갖고 가셨다. 그분은 나중에 내게 전화를 해서는 "선생님께서 캔 산삼을 달여 먹고 이렇게 건강을 되찾았습니다."라고 고마움을 표하셨다.

2002년에 백둔리에서 캔 산삼은 어느 스님이 구입해서 갖고 가셨다. 어느 날 집사람이 꿈을 꾸었는데 산삼을 달여 먹는 사람이 꿈에 보이더라는 것이었다. 그런데 그 사람이 스님은 아닌 것 같더라는 게 아닌가. 내가 나중에 스님에게 전화를 해 보니, 스님 말씀이, 자기 절에 시주를

많이 하는 분에게 자기가 선물을 하였다는 것이었다. 아내의 꿈에 보인 사람이 용모가 이러이러하더라고 말씀드렸더니, "그 사람이 바로 그 보살님이십니다."라고 말씀하시는 것이 아닌가. 참으로 산삼은 영약이 아닐 수 없다. 어찌 아내의 꿈에 그 보살님의 얼굴이 보인단 말인가.

나는 평생 심마니를 하면서 내게서 산삼을 사간 분들로부터 "고맙다."는 감사 전화를 수없이 받았다. 특히 내가 꿈을 꾸고 나서 산에 올라 캔 산삼은 그 효능이 뛰어났다. 나는 그것을 '신과의 약속'이라고 부른다. 바로 이 책의 제목이기도 하다. 이 시집을 만드는 이유도 바로 거기에 있다. 신께서 내게 내리신 "아픈 사람들을 고쳐주라."는 명령을 조금이라도 지켜보려는 마음에서 평소에 써 두었던 시들을 한 권의 책으로 묶어서 세상에 선보이는 것이다. 비록 많이 배우지 못한 사람의 글일지라도 끝까지 읽어주시면 대단히 감사하겠다.

2020년 초여름, 화악산의 토굴에서

1부

생(生)

누더기 같은 인생

누더기 같은 인생
내 인생은 누더기

진정 누더기 같은 세상을 살고 있는
나는 누더기 같은 인생

긴 세월 모두 합쳐도
누더기 속에 사는 누더기

내 인생의 모든 것은
누가 뭐라 해도
누더기 같은 인생

떨어진다 인생이

떨어진다
낙엽이 떨어지듯
인생이 떨어진다
가진 것이 많아도 가진 것이 없어도
떨어지고 있다

모든 이가 가니까
나도 간다
그 속으로
나는 지금
조금씩 조금씩 가고 있다

그래도
마지막 가는 길에
아름다운 것을
조금은 남기고 싶다
조금은 남기고 가고 싶다

우리는 소중한 존재

눕고 싶다
쉬고 싶다

눈을 감고 상상을 한다
세상을 모두 갖고 싶다

행복하고 싶다
너보다 더 행복하고 싶다

세상에서
우리는 모두가 소중한 존재

소중한 그 무엇을 찾아가고 있는
우리는 소중한 존재…

씨앗 Ⅰ

씨앗 한 알이 떨어져 싹이 나고
공기를 마시며 물을 먹으며
거름을 먹으면서 자란다

끝이 없이 마냥 자란다
그 누구도 막을 수 없는 씨앗
한 알의 위대함을 누구도 모를 터

얼마나 크게 자랄까요
백년이고 천년이고 자란다
하지만 인간은 백년을 넘지 못한다

그 님은 자란다
백년이고 천년이고
영원히 영원히…

씨앗 II

지금 그는 땅 속에 들어가고 있다
흙이라는 이불을 덮고 있다

세월이란 놈이 가고
그는 눈을 뜨려 한다

세월이란 놈은 그를 키우고 있다
하루 이틀…
그는 키다리가 될 것이다

그는 지금 무럭무럭 자라고 있다
열매가 열릴 때까지

그리고 그 열매는
언젠가 다시 땅 속으로 간다

행복은 어디에서

나는 지금 구름 위에 있다
내가 이렇게 행복해도 될까?

너무나 행복하다
구름 위를 나는 것 보다

구름 속에 있는 나는
정말 행복하다

나만 행복하길 바라지 않는다
너도 행복하기를…

행복해도 될까요?

행복해도 될까요?
아무것도 한 것이 없는데
나는 이 세상에서
가장 행복한 사람입니다

지구를 살린 것도 아닌데
가난을 물리친 것도 아닌데
아픔을 사라지게 한 것도 아닌데

누구에게 물어 볼까요
그 누가 알고 있을까요
내가 이렇게
행복해도 될까요?

님의 마음

깊은 상처를 안고 사는 그 님
마음도 찢어지고 영혼도 찢어지고
당신은 진정 신이신가요

님이시여
저의 이 깊은 상처
아물게 할 수는 없을까요

제가 드릴 것은
맑은 마음뿐이라
감히 가까이 갈 수가 없네요

삶이란?

삶이란 무엇일까요?
죽음을 향해 가는 여정일까요?

삶이란 무엇일까요?
사랑하는 사람을 찾는 숨바꼭질일까요?

삶이란 무엇일까요?
돈을 찾는 보물찾기 놀이일까요?

삶이란 무엇일까요?
누가 알면 연락주세요

소중한

세상에서
가장 소중하다는 것을 알면서도
못 느끼며 산다

공기도 물도 흔하다
그러나 그 소중함을
너와 나는 모르고 살고 있다

아마도 너와 나는
죽는 날까지
느낄 수 없을 것이다

그러다가 답답한 무덤 속에서
숨을 쉴 수 없을 때
죽어서야 느낄 것이다

그 소중함은
죽어야만 느낄 것이다
죽어야만

제2부

한(恨)

내가 너보다 못난 것은

내가 너 보다 못난 것은
착하기 때문

내가 너 보다 못난 것은
인내하기 때문

내가 너 보다 못난 것은
너를 잘 알기 때문

내가 너 보다 못난 것은
나를 잘 알기 때문

착해도 안 되고
인내해도 안 되는 세상

잘 알아도 안 되고
못난이로 살아야 하는 세상…

내가 그때 갔더라면

내가 그때 갔더라면
이 아름다운 세상은 없었을 것을

내가 그때 갔더라면
너와 나의 사랑은 없었을 것을

내가 그때 갔더라면
내 아이와의 행복은 맛보지 못했을 것을

내가 그때 갔더라면
나의 이 행복한 꿈은

내가 그때 갔더라면
이 세상의 모든 아름다움은

내가 그때 갔더라면

애첩

애첩
그 이름은 불행한 애첩

그가 뿌리를 내리기는 너무나 힘들다
뿌리 없는 너는 애첩

나는 뿌리를 내리고 싶다
그러나 상처만 남는구나

뽑히지 않는 나무가 되고 싶다
애첩이라는 단어를 지우고 싶다

눈물 속에 타는 마음이

얼굴에 흐르는
보석 같은 눈물은
누구나 흘릴 수가 없다

진정한 보석은
눈물의 짠 맛을 본 사람만이
알 수가 있네

눈물 속에
진정한 보석이 들어 있는
그런 사람

소금이 짜다면
백옥 같은 보석이 있다면
꽃의 향기가 있다면

오래 묵은 바위에
약이 되는 버섯이 돋는다
아픔이 많은 가슴엔 희망이 있다

눈물이 쌓이면

눈물이 쌓이면
가슴 깊은 곳에는
슬픔만 더 깊이 쌓이네

어찌하면 슬픔을 버릴까
네가 내 가슴에서 나가야
나는 행복하여 질 것인데

네가 짐을 싸가지고 나가라
나의 즐거움을 위하여
네가 이사를 가라

나는 지금

나는 지금
속이 끓고 있다
집을 다녀와서
나는 지금 울고 있다

어쩌면 좋으냐
나는 죽어서도
증오할 사람이 너무 많구나
끝까지 그들을 증오할 것이다

그래도 힘이 없으니
어찌하면 좋으리
나는 죽어서도
그들을 그냥 두지 않으리라

죽어서도

나는 죽어서도
이승에서의 한을 풀리라

정말 잘못돼가는 이 세상
한숨만 지다 갈 것 같다

누구의 것도 아닌 이 세상
정말로 이렇게 세상이 다를까

너는 그 길이 길인 줄 아는데
그 길은 정말 길이 아니다

나는 내가 가는 길이 옳은 것만 같다
죽더라도 끝까지 이 길이 옳다고 생각할 것이다

누구의 길이 옳은지는 죽어 보아야 알 것이다
정말로 우리 모두가 죽어 보아야…

흔적

내가 아픈 것은 참을 수 있지만
썩어가는 이 나라의 아픔은
참을 수가 없구나

이 몸이 조금 아파도 견딜 수가 있지만
이 나라가 아파서 울고 있는 것은
정말로 참을 수가 없구나

진정 이 나라에 사는 인간이라면 분노하라!
이 나라에 나의 흔적을 남기리라

세상에는 그런 인간이 있다

정말 싫은 사람
정말 좋은 사람

싫은 사람도 있고
좋은 사람도 있다

세상은 그렇게
서로 얽혀서 돌아간다

빈손 인생

누가 말했던가
인생은 공수래 공수거라고

명지산 속의 내가 그렇네
어제 하루도 빈손 오늘 하루도 빈손

목이버섯 몇을 손에 넣은 것이
수확이라면 수확일세

그래도 연이틀 목욕재개를 하며
길몽을 고대하네

모둠으로 돌아오는 머리 위로
저녁 별들이 쏟아지네

3부

욕심(慾心)

무의 무

버려야 한다
버려야 가벼워진다

버려라
모두를 버려라
오줌도 똥도 버려라

욕심도 버리고
교만도 버리고
이기심도 버려라

모든 것을 다 비워낸 육체는
솜털처럼 가벼워지리라

모든 것을 다 버린 영혼은
마침내 공기처럼 가벼워지리라

아직도 욕심이

아직도 그 마음이
아직도 그 욕심이
뿌리를 남기고 있구나

아무리 버려도
아무리 버려도
욕심의 뿌리는 뽑지 못하는구나

언젠가는 이 뿌리를 뽑아야 할 터인데
그래야만 순수한 사람으로 거듭날 터인데

아,
버려도 버려도
또 다시 돋아나는 욕심의 뿌리여…

끈

끈이 있다
남자와의 끈
여자와의 끈
너와 나의 끈

흙과의 끈
세상과의 끈
모든 인연의 끈

긴긴 세월 속에
끈은 자꾸만 길어지고
이리저리 얽히고설키니
그 끈을 풀 방법이 없네

아, 나를 묶고 있는
그 질긴 인연의 끈이여

정이 무서워

정이란
호랑이보다 무섭고

정이란
집사람보다 무섭고

정이란
보이지도 않으면서도 무섭고

정이란
정말 무서운 것이로구나

정주지 말았으면
정들지 말았으면
그랬으면
이런 괴로움도 없었을 것을

무심, 내 이름

나는 무심이다
마음이 없다는 뜻이다

나는 돌이다
나는 나무다
나는 풀이다
나는 물이다

나는
육신만이 남아있는
아무것도 없는
무심이다

살아도 살아도

살아도
살아도
영원하지 않을 것을

살아도
살아도
정말 영원하지 않을 것을

그래도 우리는 살아야 한다
끝이 어디든
우리는 살아야 한다

살기가 좋아도 살고
살기가 싫어도 살고

살아도
끝이 없는 이 세상을
우리는 살아야 한다
이 고해(苦海)의 세상을

인생이란

인생이란
공기만 축내고 가는 것일까?

인생이란
곡식만 축내고 가는 것일까?

세상의 모든 것을
쓰고 버리고 가는 것일까?

세상에
남기는 것은 무엇일까?

나의 시
나의 이름
단 열 명이 기억할지라도

그래도 양심이

사람을 본다
최소한의 양심을 지키려는 사람을

신의 은총을 바라는
마음이 가난한 사람을

옳은 길을 가려고
자신을 채찍질하는 사람을

썩어가는 양심이 부끄러워
날마다 눈물 흘리는 사람을

그래서 양심은
세상의 구부러진 길을 펴고
세상의 더러운 오물을 치운다

아직도 이 세상에는
양심을 가진 사람이 많다

너 빨리 이사를 가라

너 빨리 이사를 가라
이사비용 대어 줄 테니

나의 몸에서
네가 이사를 가야
내가 행복해지리라

아,
언제쯤이나 내가 행복할까
저승이 아닌 이승에서
내가 행복해질까

네가 남던, 내가 남던

이승에서
네가 남느냐
내가 남느냐

누가 남든
세상은 돌아갈 것이다
네가 남아도 돌고
내가 남아도 돌아갈 것이다

나의 가슴에
너의 가슴에
우리는 서로 남을 것이다

네가 남던…
내가 남던…

4부

시간(時間)

오늘을 즐겁게

나는
즐거운 사람이 되고 싶다
시간을 즐겁게 쓰는 사람이 되고 싶다

일초도 즐겁게
하루도 즐겁게 쓰고 싶다

진정
이 순간을 즐기며 살자
즐거운 시간
즐거운 시간
즐기며 살기에도
부족한 시간

어제 죽은 사람이
그렇게도 간절히
바라던 시간
바로 오늘

그냥 인간

해는 지는데
나는 생각이 없네
지는 해를 잡지 못하고
온 곳도 모르겠네

지는 해
어디서 왔다가
누구를 따라 가나
해는 지는데 생각은 없네

잡을 수만 있다면
잡을 수만 있다면
저 해를 영원히 잡고 싶건만

그래서
해를 바라만 보고 서 있는
나는 생각이 없는
그냥 인간

삶은…

삶은
삶은
내가 있던 없던
영원히 지속되는 것

내가 있던 없던
지구는 돌아가고
아름다운 이 세상은
영원히 지속될 것이다

삶은
너와 내가 있던 없던
너와 내가 떠나던 말던
영원히 계속될 것이다
삶은…

아직도 나는 배가 고프다

아직도 나는 배가 고프다
이런 세상 저런 세상
다 살아 보았는데
배가 고프다

세월은 가고
나는 이만큼이나
머리가 희고 주름이 늘었어도
아직도 나는 배가 고프다

많은 세월을 먹었는데
많은 시간을 먹었는데
배는 아직도 꼬르륵 소리를 낸다

인생

나는 가야 한다
어디로 가는지는 몰라도
나는 가야 한다

오늘은
저 멀리 뒤로 한 채
나는 가야 한다

오라는 곳도 없다
그러나 가야 한다

가는 곳도 모르고
끝도 모르지만
그래도 나는 가야 한다

가기 싫어도
가지 좋아도
나는 가야 한다

시계

시계가 돈다
지구가 돈다

나도 돌고 너도 돈다
오늘도 돌고 내일도 돈다

나의 시계도 돌고
너의 시계도 돌고
지구 위의 사람들은
모두 시계를 따라 돌고 돈다

돌아야 살고 돌아야 죽는다
행복도 불행도
돌아야 있는 것이다

모든 이가 돈다
시계 따라 돈다

시간

시간은 간다
나와 함께 말없이 간다

시간은 나를 껴안고
자꾸만 멀리 멀리 간다

언젠가 땅속에서 나는
시간만 껴안고 있겠지

영원히
영원히

해는 지는데

해는 지는데
자꾸만 생각이 떠오른다
지난 젊은 시절이 마냥 생각난다

그런 시절이 있었지
몸도 청춘
마음도 청춘이던

그 곳으로 갈 수는 없지만
꿈같던 젊은 시절이
자꾸만 떠오른다

사람들의 말대로
우리는 정말 익어가는 것일까
진리 속으로 가는 것일까

펄펄 뛰던 그 시절
마냥 그리워지네

이 길에서

지금 이 길에서
나는 지나간다

내가 가고 나면 네가 오겠지
그리고 네가 가면 또 내가 오겠지

우리는 돌고 돌 것이며
지구가 끝이 날 때까지
계속해서 돌 것이다

지구는 내일도
계속해서 돌고 돌 것이다
계속해서 돌고 또 돌 것이다

어둠 속에서

저 어둠 속에 켜져 있는 가로등
불이 꺼지면
나는 어둠 속으로 들어가고
저 불빛이 꺼지면
나의 영혼이 분리되겠지

켜지는 것도 꺼지는 것도
나의 힘으로 되는 것은 없다

우리는 모두 자연의 순리 속에 있는
힘없는 존재들
아무것도 할 수 없는
힘없는 존재들

불을 켜는 것도
불을 끄는 것도
모두 신만이 할 수 있다네

5부

길(道)

길

부모님이 길을 만들고
스승께서 길을 만들고
친구가 길을 만들고
내가 길을 만들고
신께서 길을 완성하시네

길 위에서 부모님을 만나고
길 위에서 스승님을 만나고
길 위에서 친구를 만나며
길 위에서 내가 방황 할 때에
길 위에서 신을 만나네

태어나면서부터 뻗어난 길
배움으로 향하는 길
사랑이 있는 길
죽음으로 향하는 길
그 길을 오늘도 나는 가네

물

물
맑고 투명한 물
진흙을 뒤집어 쓴 흙탕물
오물을 마신 냄새나는 물

맑은 물이 오물이 되고
오물이 하늘로 올라가고
그 물은 다시 맑은 물이 되어
땅위로 쏟아지네

맑은 물이나
오염된 물이나
이치는 같은 것

행복이 저 멀리 가네

지금껏 나는 엄청 행복했다
그런데 너는 보따리를 싸고 있다

그 광경을 보면서
내 몸은 얼어붙는다

왜 떠나야 하나?
조금만 더 있으면 안 될까?
통사정을 해 볼까?

마음을 접는다
행복은 역시
내게는 어울리지 않는 구나

행복아
그래도 조금만 더
나와 함께 이 자리에…

단 하루를 살아도

단 하루를 살더라도
모든 사람들의 행복을 위하여

단 한 시간을 살더라도
가족의 행복을 위하여

단 일 분을 살더라도
나를 위하여

단 일 초를 살더라도
깨끗한 그런 삶을 살고 싶다
도화지같이 하얀 삶을…

끝이 없는 길

사람들은 말하네
인생은 끝이 없는 길이라고

그러나 우리는
오늘도 하루를 선물로 받았네

삼을 캘까?
운동을 할까?
노래를 할까?
시를 쓸까?

오늘도 나는 하늘을 보며
그렇게 끝이 없는 길을 가네

내 몸에서는

내 몸에서는
썩은 냄새가 나지만
마음속에는 향기를 품고 있네

나의 썩은 냄새는
모든 이의 슬픔이고
나의 향기는
모든 이의 행복이어라

내 몸 속의 썩은 냄새를
모두 향기로 만들리라
항상 지금처럼
늘 기도하면서

검은 봉지

할머니가 들고 가는
검은 봉지 속

무엇이 들어있을지
참으로 궁금하구나

먹을 것이 있으면 좋겠다

손자의 주린 배를 채워 줄
맛있는
붕어빵이 들어있으면 좋겠다

원고지

너는
나를 슬프게 하네

나를 무식하다고 비웃으니
너를 채울 수가 없네

지금 너를 앞에 놓고
나는 한숨을 짓고 있네

인생은 뻥이요

인생은 뻥
뻥은 영원한 것

누구든 뻥을 친다
뻥은 인간의 가장 소중한 것이다

뻥은 너도 치고 나도 친다
나를 위하여 치고
마누라를 위하여 치고
자식을 위하여 치고
지인들을 위하여 친다

뻥이 없으면 지구는 없다
뻥은 인간의 삶이다

뻥은 너를 위하여
뻥은 나를 위하여
그래서 인생은 뻥이다

신의 길, 인간의 길

신은 보이지 않지만
꿈으로 온다

인간에게 꿈이란
신과의 만남 장소이다

그래서 우리는 날마다 신에게로 간다
꿈길 속에서…

결국 신과 인간은
같은 길을 걷고 있는 것이다

6부

술(酒)

술

사과가 썩으면 사과주가 되고
포도가 썩으면 포도주가 되네

쌀이 썩으면 막걸리가 되고
보리가 썩으면 맥주가 되네

그런데
참으로 묘하게도
사람은 썩으면 시체가 되네

사과만도 못한 사람
포도만도 못한 사람
쌀만도 못한 사람
보리만도 못한 사람

술만도 못한 사람
그런 사람들이
오늘도 술을 먹고
내일도 술을 먹네

술을 들고

나는 자꾸만 취하고 있다
세상이 몽롱하여 지는구나

천국으로 가는 술은 진정 나의 친구인가
나의 영혼을 망치려 하는구나
너는 어찌 나의 영혼에 수를 놓느냐

술을 들고
술을 들고
나는 지금 너와 숨바꼭질을 하는구나
술이여 그대는 나를 망치려 드는구나

가장 맛있던 술

아파트 베란다에
술상을 차려 놓고
술을 마신다

달이 떠 있다
저 멀리 어둠 속에
북한강이 보인다

40년을 함께 한 술
생각 또 생각
언제가 가장 맛있었을까?

그 옛날
운악산 만경대 밑 모둠에서
형님과 함께 마시던 술

이제 형님도 떠나고
따라놓은 술잔에는
달빛만 처량하네

독배(毒杯)

내가 술을 먹는 것은 너를 위함이고
내가 술을 먹는 것은 나를 위함이고
내가 술을 먹는 것은 세상을 위함이다

내가 술을 먹는 것은 희망이 없기 때문이고
내가 술을 먹는 것은 꿈이 깨지기 때문이고
내가 술을 먹는 것은 모두의 아픔을 잊기 위함이다

내가 술을 먹는 것은
세상의 모든 이들의 아픔을 잊기 위함이다
그들의 아픔을 위하여 내가 대신 마시는 것이다

자,
세상을 위하여 독배를 마시자
건배!

술과 나

나는 지금 술을 먹고 있다
가슴이 뜨거워진다
정말 뜨겁다

어디까지 뜨거워야
내가 사람에서 짐승이 될까

짐승이 되어도
나는 술을 마시겠지
술은 사람을 짐승으로 만든다

술은 나의 벗

술을 다 마셨다
지금 나는
황홀함에 눈물을 흘리고 있다
자꾸만 눈물이 쏟아진다
폭포같이

바보 같은 술
바보 같은 친구
바보 같은 인생

호인(好人)

술을 마시면
모두가 호인이 된다

술이 사람에게서
나쁜 마음을 빼앗아간다

술은 사람을 순하게 만드는 진정제
술을 찬미할지니
위대한 바쿠스여!

시, 그 속에서

하늘을 보면 시가 되고
꽃을 보아도 시가 되네

바람 속에도 시가 있고
너의 그 눈 속에도 시가 있네

풀 한 포기를 보아도 시가 되고
나무 한 그루를 보아도 시가 되고
모든 사물이 시가 되네

내 가슴에는 시가 있고
너의 가슴에도 시가 있고
우리 모두는 시인이라네

술독에 빠져죽은 사람

술을 사랑한 사람
술독 속에 무엇이 있나 궁금해
술독 속을 들여다보다
그 속에 빠져 버렸다네

그 사람이 술을 마신 걸까?
술독이 사람을 마신 걸까?

술 친구들

어제는 술을 마시면서
이태백을 만났다.
강물 속에서 달을 잡으려 하고
하늘의 신선이 되려 했던
그 불쌍한 친구를

오늘도 술을 마시며
김삿갓을 만났다.
몰락한 양반의 후손임을 한탄하며
삼천리를 방랑하던
불우한 방랑시인 김병연을

내일은 또 어떤 친구를 만날까?
어떤 친구가 술잔 속에서 나를 기다릴까?
끝이 없는 나의 친구들이여
술 친구들이여…

7부

배움(學)

학교

저 박스 속에는
많은 보물이 들어 있다

그 울타리 안에는
많은 인재들이 자라고 있다

박스 속에는 꿈이 있고
울타리 안에는 야망이 있다

꿈과 야망을 가진
예쁜 꽃들이 자라고 있는 학교
우리들이 지켜주어야 할
소중한 배움터

가방

가방
너는 불쌍하구나
주인의 머리는 깡통인데
너는
그래도 깡통은 아니겠지

육백 년의 은행나무

누가 심었는지는
아무도 모른다

그러나
너의 나이가 육백년이란 걸
모두가 안다

너의 고운 심성은
모든 사람이 알고 있다

짝 은행나무에 불이 났을 때
네가 꺼 주었다는 이야기며
우리나라에 큰 일이 일어날 때마다
네가 울었다는 이야기도

우리는 너를 통해서 많은 것을 배운다
육백 년 은행나무의
무언의 교육…

진리

늙으면 진리만 남는다
진리란 세상의 모든 이치이다

늙은이가 진리를 아는 건
그가 살면서 경험해 보았기 때문이다

우리 모두는
나이를 먹고
진리를 먹고
그리고 세상을 뜬다

그것이 인생의 진리이니까

산이 높으면

산이 높으면
얼마나 높을까
내 삶의 무게보다 높을까

아무리 높아도
아무리 높아도
나는 그 산을 넘으리라

높아도 높아도
아무리 높아도
나는 꼭 넘으리라

내 소중한 삶을 위하여
그 산을 넘고야 말리라

비움

나는 지금
뒹굴고 있다
방바닥에 누워서
아무 생각 없이
뒹굴고 있다

나는 지금 아무 생각이 없다
나는 지금 머리를 비우고 있다
그냥 누워서 생각이 없다
비운다

언젠가
다 비우고 나면
생각이 없는
참 인간이 되겠지

바보와 천재

나는 진정 바보다
바보라는 단어는 나의 꼬리표이다

하지만 나는 천재다
진정 바보와 천재는 같은 부류이다

영혼이 맑은 사람이 바보다
나는 그런 바보가 되고 싶다

나는 깨져야

얼마나 깨져야
동물에서 사람이 될까

인간이 되기 위하여
나는 얼마나 깨져야 할까

8천 4백만 번을 거듭나야 한다는데
깨지고 또 깨지고
거듭나고 또 거듭나고
8천 4백만 번을

아, 멀고도 먼
깨우침의 세계여!

알

알
귀엽고 예쁜 알

너는 어쩜 그렇게도 운명이 다를까
이쪽으로 가면 먹을 것이 되고
저쪽으로 가면 귀한 생명이 되네

너는 닭이 되고
그 닭은 알을 낳고
그래서 지구가 돌 듯
생명체는 그렇게 돌고 도나 보다

험한 세상

험한 세상
이 세상은 험한 세상

나 보다 모두 잘난 사람
그 잘난 사람들 속에서
삶을 엮어가려니
참으로 힘이 들구나

진정 험한 세상 속에서
진정 험한 세상 속에서…

8부

사랑(愛)

사랑하고 싶다

사랑하고 싶다
선을 넘은 죄로
지옥 불 속을 간다고 해도
진정 뜨거운 사랑을 하고 싶다

가슴이 모두 타는
뜨거운 사랑을 하고 싶다
기쁘게 죽음을 선택할지라도
뜨거운 사랑을 하고 싶다

그 사랑 어디에 있을까?

황혼에 핀 연애

황혼에도 연애가 필요할까
지는 해는 연애도 필요 없을까

몸으로 하는 연애는 진정한 사랑이 아니다
사랑은 너의 영혼과 나의 영혼의 연결고리

서로의 영혼이 연결되는
진정한 사랑을 하여 볼까

저 해가 진다해도
결코 지지 않을 사랑
그런 사랑을 하여 볼까

고추잠자리의 아픔

너의 몸이 꺾인다
얼마나 아플까

날개가 부러지는 아픔으로
네가 꺾이는 모습을 본다

길손이여
길가에 핀 코스모스
그냥 지나쳐다오

나
고추잠자리

꽃길만 걸어가자

인생의 꽃길에서
아름답고 행복한
향이 나는 꽃길
세상에서 가장 가고 싶은
꽃길

너도 가고
나도 가자
그 꽃길

닭

나는 병아리
아주 작은 병아리
나는 크게 자라고 싶다

많은 것을 먹고
무럭무럭 자라서
세상 사람들의 사랑을 받고 싶다

닭이 되고
알을 낳고
다시 병아리가 되고
그 병아리가 다시 닭이 되기까지

끝없이 나의 사랑을 전해주리라
세상 사람들을 살찌우는
사랑의 마음을…

강아지

나는 지금
강아지와 눈을 맞추고 있다
저승을
네가 먼저 갈까?
아니면 내가 먼저 갈까?

그때까지
너는 정녕 나의 친구라네

너는 나의 눈물을 먹고
나는 너의 가슴을 읽었다

나의 강아지
예쁜 강아지
죽는 날까지 함께 할
나의 진정한 친구

의미 있는 꽃

미움이 있는 꽃
얄미운 꽃

서러운 꽃
고통이 있는 꽃

엄동설한의 꽃
의미가 있는 꽃

피지도 못하는 꽃
원망의 꽃

기다림의 꽃
설움의 꽃

한번 피어 본 꽃만이
그 의미를 가질 것이다

뜨거운 당신

가까이 가면
너무 뜨거워
멀리만 갑니다

당신이 너무 뜨거워
기다리고
기다리고
또 기다리지요

당신이 부를 때까지…

사랑합니다

맑은 공기가 좋고
푸른 하늘이 좋고
산들바람이 좋고
꽃향기가 좋습니다

가족이 좋고
친구가 좋고
이웃이 좋고
모르는 사람도 좋습니다

사랑합니다
가족을
이웃을
친구를
남을…

참 사랑

엄동설한
칼바람 맞으며
산을 타는 나

덜덜 떨며
목욕재계하며
간절히 신께 비는 나

새벽부터 밤늦게까지
구리 전통시장
지키다 돌아오는 나

모두 다
가족을 사랑하기에
그것이 참 사랑이기에

9부

가족(家族)

그리운 초가집

나뭇짐을 지고 내려오면
저 멀리 보이던 우리집
누런 지붕의 초가집

사립문 열고 들어서면
솔가지 타는 소리
보리밥 익는 소리

엘리베이터를 타고
하늘 높이 올라가네
19층을 지나 20층까지

아이들의 반기는 소리
국 끓는 소리
더 이상 들리지 않네

뜨거운 당신

당신은 뜨거운 사람
너무 뜨거워
바라만 봅니다

사랑하면서도
당신을 사랑하면서도
빙글빙글 돌기만 하네

지구가 태양을 돌듯
멀찌감치 바라보며
빙글빙글 돌기만 하네

너무 뜨거운
내 사랑 당신
언제나 안아 보려나

당신을 기다리며

지금 나는
당신을 기다리고 있습니다

밤도 깊은데
얼마나 힘든 일을 하고 올까요
이 못난 사람에게
모든 것을 다 주고
이렇게 고생을 하니

나는 지금
당신을 기다립니다

설레는 가슴을 안고
당신을 기다립니다

당신을 사랑하니까
죽도록 사랑하니까

우리 아들딸들에게

왕수미, 수령, 수원
이름만 불러도
가슴이 미어지고

왕수미, 수령, 수원
이름만 불러도
눈물이 흐르고

왕수미, 수령, 수원
이름만 불러도
희망이 보이며

왕수미, 수령, 수원
이름만 불러도
행복하네

그림자

나의 그림자
너의 그림자
아무도 밟지 못한다

아무리 따라와도
아무리 따라와도
우리는 빨리 간다

그렇게 그렇게
우리는 달아난다
손을 꼭 잡은 채로
영원히 영원히…

아내

태양보다 빛나고
달보다 온화하며
지구보다 큰사람

공기보다 소중하고
물보다도 더 귀한
내가 사랑하는 아내

보기도 아깝고
만지기도 힘든
나의 아내여

자녀에게 힘이 되는
그 위대한 이름
아내!

잘못 걸려든 여자

천사 같은 여자
이렇게 내 안에 있네요

나의 덫에
잘못 걸려들었네요

평생 해 준 게 없어
눈물만 흘리는 사람을
남편이라고 의지하는
착하고 순한 여인

아내의 고통을
언제나 풀어 줄까?

살아서 힘들면
저승에서는 풀어 줄까?

나의 당신

아무리 힘들어도
조금도 내색하지 않고
진정 사랑으로
아이들을 키워준 당신

당신의 나의 전부이며
우리 가정의 전부입니다

만난 지 어언 30년
그 긴 세월동안
내가 길을 잃고 방황할 때도
당신은 나를 보듬어주고
이끌어 주었습니다

나의 모든 것인 당신
사랑합니다

손톱

손톱은
가려운 곳을 긁어 주려고
손가락 끝에 붙어 있나 보다

너의 가려운 부분을
손이 닿지 않은 곳을
내게 보여 다오

시원하게 긁어주마
조건 없이 긁어주마
다섯 개의 손가락으로…

짝

짝짝
두 개가 같은 것

앞을 보아도
뒤를 보아도
짝은 짝이다

한 번 짝은
영원한 짝이다

싫든 좋든
짝은 짝이다

색이 변해도
모양이 변해도
너와 나는 짝이다

10부

죽음(死)

병과 싸운 인간

내 안의 병
하루가 십 년 같은 시간

이 시간이 지나면
나는 어떤 곳에 있을까

너는 내 안에서 집을 짓고 살지만
나는 네가 정말 싫다
언제쯤 이사를 가려나

시간 시간 두려움에 떠는 이 몸
자고나면 가겠지
자고나면 가겠지

수의를 입는 날

이승에 와서 옷 한 벌
비단옷 아닌 삼베 옷 한 벌
말끔히 차려 입고
저승의 문턱을 넘네

이 좋은 세상에서 잠깐 놀다
아름다운 문을 넘네

그 간의 많은 일들
많은 사연 남기고
그 곳으로 나는 가네

내가 그때 갔더라면…

내가 그때 갔더라면
이 아름다운 세상을
못 보았겠지

내가 그때 갔더라면
너와 나의 사랑이
없었겠지

내가 그때 갔더라면
아이들의 행복한 꿈이
피어나지 못했겠지

내가 그때 갔더라면…

님의 무덤

님이 가시는 길
행복하길 빌며
비단 깔아드리네

님이 가시는 길
마음과 영혼 모두 바쳐
고운 길 만들어 드리네

님이 가시는 길
편히 쉴 수 있게
님을 위하여

늦가을

눈앞에 보이는
나무 한 그루

오늘은 다섯 잎
하루 자고 나면
한 잎이 또 떨어지겠지

그 나무는
잎이 다 떨어지면
이승에서의 일이 끝나겠지

그때 그 나무는
모든 것을 내려놓고
한숨을 쉬겠지

다 끝났다고

무덤

저 무덤의 주인은
이승에서 잘 먹고
잘 놀다 간 영혼일까

아니면
힘들고 어렵게
살다 간 영혼일까

무덤 앞에 놓인
빛바랜 종이컵 하나

내가 떠나면…

내가 떠나면
재만 남겠지
그리고 무덤이란 것이 생기겠지

그 무덤은
세월이 흐르면
잔디가 자라고 잡초도 나겠지

누가 올까?
누가 올까?
무덤 속에 울고 있는 나

죽음, 그놈

그놈이
저 멀리 있는 줄 알았습니다

그런데
그놈은 바로 곁에 있었습니다

내 주변을 기웃거리며
기회를 엿보고 있습니다.

오늘은 누굴 데려갈까?
덜 삭었군

오늘은 누가 없을까?
너무 어려

이놈은 어떨까?
착하기만 했지

그래도 할당을 채우려면…

산신령님께

크레파스 속에 숨어 있는 신
검정색을 칠한 컴컴한 밤에도
나는 신을 볼 수 있다

파란 색으로 하늘을 그려도
나는 신을 볼 수 있다
나는 신을 사랑하기에

흰색으로 그렸다 하여도
아무것도 없다 하여도
나는 신을 볼 수 있다

진실로 진실로
신을 사랑하는 사람은
모든 색을 꿰뚫어 볼 수 있다

인간은 신에게

신은 보이지 않지만
꿈으로 온다

인간에게 꿈이란
신과의 만남 장소이다

인간이 할 수 있는 것은
아무것도 없다

모든 것은
신께서 주관하신다

닫는 글

저의 이 어설픈 시를 끝까지 다 읽어주신 독자 여러분께 깊은 감사를 드립니다.

책의 지면을 통하여 아내와 두 딸, 그리고 아들에게 고마운 마음을 전합니다. 살다보니 이렇게 좋은 날도 있네요.

그리고 저의 되지도 않는 시를 이렇게 아름다운 책으로 엮어주신 행복우물 출판사 여러분께 깊은 감사의 마음을 전합니다.

모두 모두 감사합니다.
그리고 사랑합니다.

행복우물출판사 출간 도서

●에세이 추천　삶의 쉼표가 필요할 때 / 꼬맹이여행자
2019 여행에세이 분야 1위, 2020 확고한 스테디셀러 —
세상의 차거움 속에서도 따뜻함을 발견해내는, 여행 자체보다
그 여정에서 용기와 고통, 희열을 만나는 여행자의 이야기

아날로그를 그리다 / 유림
따뜻한 감성으로 그려나간 아날로그의 추억
2020년 상반기 <여성조선>에 연재된 글과 사진들,
뭉개구름의 무늬같은 아름다움을 책으로 만나다

●출간 도서　한 권으로 백 권 읽기 / 다니엘 최 ○ 흉부외과 의사는 고독한
예술가다 / 김응수 ○ 겁없이 살아 본 미국 / 박민경 ○ 나는
조선의 처녀다 / 다니엘 최 ○ 하나님의 선물 - 성탄의 기쁨
/ 김호식, 김창주 ○ 해외투자 전문가 따라하기 / 황우성 외
○ 꿈, 땀, 힘 / 박인규 ○ 바람과 술래잡기하는 아이들 /
류현주 외 ○ 어서와 주식투자는 처음이지 / 김태경 외 ○
신의 속삭임 / 하용성 ○ 바디 밸런스 / 윤홍일 외 ○ 일은
삶이다 / 임영호 ○ 일본의 침략근성 / 이승만 ○ 뇌의 혁명 /
김일식 ○ 벌거벗은 겨울나무 / 김애라 ○ 멀어질 때 빛나는:
인도에서 / 유림

행복우물 출판사는 재능있는 작가들의 원고투고를 기다립니다
(원고투고) contents@happypress.co.kr

신과의 약속   초판 1쇄 발행   2020년 7월 14일

지은이   왕종흡
펴낸이   최대석
편집   이지현
디자인   김정연
마케팅   신아영

            펴낸곳   행복우물
            등록번호   제307-2007-14호
            등록일   2006년 10월 27일
            주소   경기도 가평군 가평읍 경반안로 115
            전화   031)581-0491
            팩스   031)581-0492
            홈페이지   www.happypress.co.kr
            이메일   contents@happypress.co.kr

            ISBN   978-89-93525-82-3
            정가   11,000원

            이 책의 국립중앙도서관 출판예정도서목록(CIP)은
            서지정보유통시스템 홈페이지(http://seoji.nl.go.kr와
            국가자료공동목록시스템(http://nl.go.kr/kolisnet)에서
            이용하실 수 있습니다.
            (CIP 제어번호: CIP202008071)